마음에 **꽃등 하나** 달고

마음에 꽃등 해 달고

지은이 | 임 인 택
펴낸이 | 一庚 장 소 님
펴낸곳 | 답게

초판 인쇄 | 2014년 11월 10일
1판 1쇄 | 2014년 11월 15일

등 록 | 1990년 12월 28일, 제 21-140호
주 소 | 143-838 서울시 광진구 면목로 29(2층)
전 화 | (편집) 02)469-0464, 462-0464
         (영업) 02)463-0464, 498-0464
팩 스 | 02)498-0463sss
홈페이지 | www.dapgae.co.kr
e-mail | dapgae@gmail.com, dapgae@korea.com

ISBN 978-89-7574-271-2

나답게 · 우리답게 · 책답게

＊ 책값은 뒤 표지에 있습니다.
＊ 잘못 만들어진 책은 구입하신 서점에서 교환해 드립니다.
＊ P87 사진은 저작권 협의가 되지 않았으며
   추후 문제가 있을 시 협의하겠습니다.

마음에 꽃등 해 달고

임인택 사진 에세이

도서출판 답게

이미 있었던
그러나 지금은 없는
기억의 또 다른 이름으로
말 없음을 말하는 침묵의 언어
사진

말을 걸고 혼을 불어넣고
복받쳐 오르는 가슴 뛰는 그 순간을
당신께 드립니다

'처음 몇 줄을 읽다 말고는
다시 접어 가슴에 껴안고'
카뮈가 장 그르니에의 '섬'을
처음 읽었던 그때처럼
당신도 그러리라 믿습니다

2014년 만추
이강빈

차례

하나_ *사랑, 두근거림*

둘_ 잠깐 멈춤

셋_ 마음에 꽃등 하나 달고

넷_ 긴 발자취

하나,
사랑, 두근거림

강화도 마니산에서

참 많이 그립습니다

붉은 가슴 하나 바람결에 띄우노니
부끄러워 말아요
찔레꽃 흐드러진 5월
알싸한 꽃향기에 생각을 얹어 놓고
그만 내 마음을 내게 들키고 말았습니다
그리운 것은 다 바람이 된다 합니다
참 많이 그립습니다

보라색 꿈 하나

여름 장마 주춤한 한나절
눅눅한 마음을 펼쳐 말립니다
잠자리도 내 곁에 다가와
젖은 날개를 말립니다
우리는 서로 얼굴 쳐다보며
장마 참 지겹다. 그렇지?
하늘을 받치는 바지랑대 위에
살짝 보라색 꿈 하나 앉아 있습니다
우리는 한참 그렇게 웃었습니다

가을 하늘

쳐다본다
깊은 숨을 마신다
그리고
조용히 물든다

누가 말했나

"우리는 행복했다"고 누가 말했나
그런 순간이 있기나 했을까
서로를 마주보며
"우리는 행복했다"고
말할 수 있다면...
낮에 뜨는 낮달도 서러운데
그 낮달을 그리워하는 낮달맞이꽃이라니
가슴에 분홍물 들이며
"우리는 행복했다"고 얼굴 붉힌다
아, 그 행복한 사랑

소설 태백산맥에서 빨치산의 자치구였던 율어 존재산의 철쭉은
그래서 더욱 진한가 보다.

참을 수 없는

사랑의 가슴앓이
그리움을 토해내는
꽃이 피었다
눈부신 듯
은근한 미소
입술 닿을 듯 닿을 듯
볕이 가지런한 봄날 오후
그냥 꽃일 뿐인데
참을 수 없는 그리움이 꽃을 피웠다

꽃 웃음 소리

3월의 봄바람은 꽃잎을 물고 찾아옵니다
건들건들 대문을 활짝 밀치고 들어와
하늘 가에 피었습니다
톡 사르르르 꽃잎 벙그는 소리
자지러질 듯
꿈꾸는 듯
꿈 속에서만 들을 수 있는
눈부신 꽃 웃음 소리
홍매 곁에
나도 잠시 꽃이 됩니다

너무 존귀해

이름 모를 풀꽃 하나
좁쌀만 한 모양과 빛깔로
곱게 피었다
잡초라는 풀이 어디 있는가
한 생명 놓칠 뻔했다
다시 한 번 찬찬히 들여다본다
너무 존귀해 눈물 난다
삶이 곧 꽃인 것을

율포 밤바다

어쩌면 삶은 채우는 것이 아니라
비우는 것인지도 모릅니다
비우고 비워
바다가 되는지도 모릅니다
그대 떠난 자리
덩그러니 소나무 한 그루
그때처럼 하늘도 울고 바다도 울고
내 마음도 울고있지만
그렇지만 그 바다를 다시 볼 수 있는 나는
그대보다 더 행복한지도 모릅니다
2012년 여름 태풍으로
그 바닷가에서 바다를 지키던
소나무가 뿌리째 뽑히고 말았습니다
마치 그대와의 이별을 예견한 듯
이제 소나무도 당신도 떠나고
바다와 나만 덩그러니 그 자리에 남았습니다

마음 가득

갈대 한 줄기 꺾어
강에 드리웁니다
마음 가득
꿈을 낚는 천사
단풍잎 손가락에 따라나오는
월척입니다
마음 가득 희열입니다

영화, 봄날은 간다

"우리 헤어지자"
"내가 잘할게"
"헤어져"
"너, 나 사랑하니? 어떻게 사랑이 변하니"
며칠 전 지리산 계곡의 분홍빛 도화는
화사한 봄을 다 살라 먹고 흘렀습니다
"자고 갈래?"
사랑의 출발은 설레었지만
"어떻게 사랑이 변하니?"
사랑이 지나간 허전함은
계곡 물에 휩쓸려간 도화처럼 미련 없이
떠나갔습니다

내 곁에 있어 주세요 - Stand by me

게으른 비가 내립니다
오는 것도 아니고 가는 것도 아니고
조금씩 하늘이 내려앉는 음력 5월 보름 일요일 저녁
비도 참 심심한가 봅니다
볼륨을 높여 음악을 듣습니다
라디오 속을 서성이는 지난날 마음을 의지했던
마음을 기대고도 남을
가슴 따뜻하게 하던 음악
음악이 있어 세상은 아름답습니다
마당에 치자꽃이 곱게 피었습니다
빗방울에 얼굴 씻어 더 하얀 치자꽃
가까이 더 가까이 방안 가득히 스며드는 아련한 향
"밤이 되어 세상은 어두워지고 보이는 건 달빛뿐이어
도 난 두렵지 않아요
그래요, 난 두렵지 않아요. 당신이 내 곁에, 내 곁에
있어준다면…"

일년 중 가장 둥굴다는 5월 보름달은 보지못해도
울먹울먹 가슴 쓸어내리는 이런 밤에 들어도 좋은
음악을 통해 세계평화와 아름다움을 추구하는
"Playing for change"의 'Stand by me'
마음을 내려 놓을 아름다운 노래
그대 내 곁에 있어주세요
있어주실거죠?

달맞이꽃, 그 영혼

기다림
그것은 사랑의 다른 모습입니다
밤에만 피어 달을 맞이하는
님프의 영혼이 꽃으로 피어난
슬프디 슬픈 사랑의 달맞이꽃
채울 듯 채우지 못한
열사흘 달이
꽃잎을 더듬으려 합니다
사랑은 본래 아픔이라고
고요한 슬픔이라고
강물에 대고 출렁입니다
노란 달맞이꽃 그늘에 아직
동전만큼 작은 달이 남아있습니다

장흥 탐진강변 달맞이꽃

두근거림

산속 작은 암자
빠끔히 열린 사립문
차 한 잔 생각나
'스님' 하고 부르려다
한참을 그렇게 서 있다
가만히 돌아선다

선암사 원통전 뒤편에 피어있는 600년 된 선암고매(천연기념물 488호)

한바탕 공부를

진로형탈사비상　塵勞迥脫事非常
긴파승두주일장　緊把繩頭做一場
불시일번한철골　不是一番寒徹骨
쟁득매화박비향　爭得梅花撲鼻香

번뇌를 벗어나는 일은 예삿일이 아니니
고삐를 단단히 잡고 한바탕 공부할지어다
추위가 뼈에 한 번 사무치지 않을 것 같으면
어찌 코를 찌르는 매화 향기를 얻을 수 있으리오

(황벽선사, ?~850)

능소화, 궁녀의 전설

나도 모르게
가지를 뻗은 그리움이
자꾸자꾸 올라갑니다

(이해인 수녀님 시 '능소화연가' 에서)

한 궁녀의 상사병이 꽃으로 살아났습니다
7월의 햇살보다 더 요염한 주홍빛
죽어서도 임금의 발걸음 소리가 그리워
담장 앞에서 기다리는 모습으로 피어난
애틋한 전설
꺾어지고 떨어지는 순간까지 그 모습 그대로
기다립니다
담장 너머 붉은 가슴 하나
당신이 웃으니 세상이 온통 눈부십니다

복사꽃, 심장이 뜁니다

멀리서도 가슴이 뜁니다
젖멍울 갓 돋은 어린 가슴
입술 빨갛게 열리고 눈웃음 칩니다
흠칫 놀라 고개를 돌립니다
옛말에 도화살이 이런 것인가?
복사꽃 들여다보며
시인은 말합니다
주르르 흘러내리는 과즙 같다고
뿌리칠 수 없어 빠져드는
단물이 고인 호수
도화
진분홍이 퍼질러
몸을 담급니다
가슴이 뜁니다

애기똥풀, 노란 물이 든다

버리고 간 빈집,
마당 가득 피어난 애기똥풀
마당에 뛰놀던 아이들의 목소리 꽃이 되었나
꽃잎에 묻어있는 순한 웃음, 가녀린 한들거림
지나는 바람이 소식을 들으려
노란 꽃등을 켜 들고
빈방을 기웃거린다
노란 꽃 줄기를 꺾으면 노랑 진액이 나온다
당신의 빈 마음에도 노란 물이 든다
버리고 간 빈집
애기똥풀이 지키고 있다

안개꽃에 얼굴을 묻고

~사랑도 미움도 세월이 가면 잊힐까
나 이 세상 서럽게 살고 있네
가녀린 몸매 하얀 얼굴 하얀 안개를 먹고
하얀 안개를 토해놓은 하얀 안개꽃
우리 다시 만나요 저 세상에서
하지만 빨리 찾아오시면 화낼 거예요
나 이 세상 서럽게 살다 먼저 지네,
들풀처럼 들꽃처럼 안개꽃처럼 안개꽃처럼

(나윤선 노래 '안개꽃'에서)

가로등 하나 둘 빗줄기를 셉니다
6월 어느 흐린 날 안개꽃 묶음 속에 얼굴을 묻습니다
나윤선의 '안개꽃'을 즐겨 노래하던 목소리
이젠 추억이 되어버린 그 예쁜 이름
'이런 밤이면 누군가 올 것만 같아
나 그만 어린애처럼 기다리네'

아 글쎄, 그 꽃 이름이

들에 핀 콩알만 한 꽃이 하도 예뻐
몇 뿌리 화단에 옮겼더니
이젠 화단 가득 지천으로 피어난다
처음 무슨 꽃인 줄도 모르고
이름이 뭐냐고 물었더니
아 글쎄, 이 녀석의 이름이
부르기도 민망하게 뭐 개불알풀꽃이란다
꽃이 지고 난 씨앗 주머니가 그렇게 생겼다나
얼마나 밝은 눈으로 봐야 그 물건이 보일지
그럼 그렇지, 한참 후에야 알았다
맨 먼저, 화단 가득, 가장 오래
하늘을 담고 피어나는
그 이름 봄까치꽃

무명 저고리 엄니 얼굴

뚝뚝 초록물 드는 7월의 연못가
하얀 도라지꽃이 초록색 그늘을 밝힙니다
어릴 적 여름날
새막으로 들밥 이고 오신 엄마
보자기 한쪽 살짝 웃음 펼칠 때
손끝에서 피어나던 사랑 냄새
꽃등을 밝힌 듯 환해졌습니다
그 여름날 하얀 도라지꽃 같은
무명 저고리
발그레한 엄니 얼굴
순한 미소가 해맑았습니다

첫사랑 꽃내음

이른 봄
초록물 번지는 산나루
그늘진 덤불 속 연한 찔레순
톡 끊어 껍질 벗겨 입에 넣으면
볼우물 곱게 웃던 어릴적 동무
허기진 날들의 아련한 추억
찔레꽃 흐드러진 숲가에 서면
지금도 남아있는 풋풋한 살내음
그 아슴아슴한 찔레꽃 향기
바라보면 꽃처럼 피어나고
부르면 새처럼 날아오르던
가슴에 피어나는
눈부시게 하얀
그리운 날들

때죽나무꽃, 세상을 순결하게

하얀 꽃들이 작은 은종처럼 매달려 있다
올려다본 얼굴에 은은한 종소리 흩뿌린다
꽃 핀 자리마다 가을이면
도토리 같은 열매가 주렁주렁
때죽나무 열매는 쓸모가 많다
때를 쏙 뺀다 해서 때쑥이 되었다가
다시 때죽으로 변했다 하는 때죽나무
꽃송이 송이 세상을 순결하게
작은 종소리 흩뿌린다

세월호 참사로 희생된 젊은 넋을 위해 광명진언光明眞言 304편 올립니다.

그렇게 봄은 가고

2014년 4월 16일
산벚꽃에 눈물 방울이 매달립니다
지나간 사람은 어느새 잊혀지고
떨어져 나간 자국에는 새살이 돋아나고
그렇게 익숙한 반복이 사람 마음인가 했더니
봄눈같이 스러져간 안타까운 꽃잎들은
날이 갈수록 잊을 수가 없습니다
눈이 부시게 찬란했던 봄날
아직 꿈도 펼치지 못한 젊음을 두고
못다 핀 청춘은 떠내려갔습니다
먼 세상 찬란한 꽃길에서 다시 만날 날을
두 손 모아 기원합니다

매혹의 향기

매화나무 가지에 걸린
음력 이월 열하루 조각달
꽃구경하다 매화나무 가시에 찔려
붉어진 얼굴 좀 보게
참 봄밤이 수상하네
매처학자梅妻鶴子로 한 세상 살다 간
고산처사孤山處士 임보林逋를
이제야 알 것 같네
실바람 타고 번지는
달빛에 비치는 매혹의 향기
맑은 가슴이 아니고 어찌 이 향을 알리

하얀 백일몽이었다

거문도에만 한 그루 있다는
흰 동백이 보고 싶어 몇 해 전 한겨울에 길을 나섰다
찾아봐도 찾아봐도 흰 동백은 볼 수 없고
붉은 동백꽃과 뜻밖에 조우하다
쪽빛 바다 위엔 가늘게 눈발이 흩날리고
핏덩이 불태우는 처연한 그리움으로
붉은 동백은 피어난다
신음하는 바다를 달래기나 하려나
품속에 안겨드는 애틋한 사랑
눈 위에 떨어진 핏방울로 붉은 동백은 피어있다

지나간 봄날, 고흥 금산에 갔다가
보고 싶던 흰 동백을 드디어 만났다
어느 시골집 담장 너머 탐스런 흰 동백은
푸른 잎새 속에서 수줍은 듯 나를 반긴다

숨이 멎는 순백의 고결함
세상에서 다시 볼 수 없는
그건 분명 하얀 백일몽이었다

개망초꽃

구한말, 일제가 우리 땅을 침략코자
철도를 놓을 때 침목을 따라 들어와
나라는 망해 가는데 온 산야에 하얗게 피어나
미운 맘에 개망초가 되었다는 꽃
하얀 얼굴 입가엔 노랑 웃음
바람이 불 때마다 고개를 살랑이며
수줍어 잦아드는 소박한 꽃
꽃만 따 끓여낸 물에 실크스카프를 담그면 놀랍게도
예쁜 노란색 물이 든답니다
명반으로 후매염 잊지 마시고
"춘수만사택 하운다기봉春水滿四澤 夏雲多奇峰"
봄 물은 사방의 못에 가득하고, 여름 구름은 봉우리도
많다고 도연명이 노래했듯
찰랑찰랑 모내기를 하려고 채워놓은 논물에
산 그림자도 놀다 가고, 나무도 쉬어 가고
구름도 망초꽃도 놀러왔습니다
참 한가한 한때입니다

내 이름 물망초

꿈 꾸고
사랑하고
그리워 했습니다
봄부터 가을까지
날 잊지 마세요
내 이름은 물망초

각씨붓꽃, '임자'라는 말

'임자'라는 말
괜히 좋아 눈물이 나네
각시붓꽃 곱게 피니
임자의 얼굴이 환해졌네
작은 숨소리에도
세상의 소리가 들리네
온몸에 물들어 향기로 피어난
은근한 사랑
'임자'라는 말
눈물이 나네

둘.
잠깐 멈춤

월출산 거북바위

천만년
오르고 오르다
굳어 돌이 된 거북
산다는 것은 희망을 노래한 것이라는데
하늘 눈물처럼 떨어지는
그리움이여

고여있는 시간

시간은 흐르는 것이 아니라 고이는 것인지도 모릅니다
너울너울 초록이 춤을 춥니다
한낮을 빗겨난 내게도 언제였던가 뚝뚝
초록이 묻어나던 시절이 있었음을
묵은지 한 가닥을 밥 위에 얹혀 후후 불어가며 뜨거운 밥을 먹습니다

때론 생지가 맛이 있지만, 역시 감칠맛 나는 곰삭은 묵은지가
입맛을 돋우기에 제격입니다
두껍게 색을 칠해 종이를 접어 찍어낸
초현실주의 회화기법의 하나인 데칼코마니(decalcomanie)
작품을 감상하고 있습니다
꿈, 그것은 마음을 달뜨게 하는 첫사랑 같은 것
언뜻 물속에 비친 하늘을 만질뻔 했습니다

바다 냄새까지 찍어주세요

"아! 상큼한 바다 냄새
 바다 냄새까지 사진에 찍어 주세요!"
6살 때까지 바닷가에서 놀며 지내다
중국 대륙 깊숙이 이주해 산 지 6년
바다가 너무 보고 싶어 겨울방학이 되자
먼 길을 혼자서 훌쩍 날아왔습니다
바다를 구경하지 못한 친구들을 위해
작은 조가비마다 듬뿍듬뿍
바다를 담느라 다시
바다 소녀가 되었답니다

잊지마, 내 이름은 가을

잊지 마, 내 이름은 가을 가을이야!
가을날 시골길을 걷다
옛 추억을 만났습니다
가을은 눈길 닿는 한 구절 한 구절이 시가 됩니다
슬그머니 지나가는 시간 곁으로
행여 그 풍경을 놓칠세라
부지런히 따라갑니다
가을이 전설처럼 떠도는 곳
길 가에 우두커니 서서 깜박
내 나이를 잊었습니다
꼬깃꼬깃 주머니에 넣어 둔
사랑 한 조각을 읽습니다
잊지 마, 내 이름은
가을 코스모스

바다의 노래

늦가을 은빛 바다
배 갑판 위에서
웅크리고 앉아 먹던
멍게 맛
상큼하고 쌉싸름한
입가에 남는 바다 내음
사랑도
입가의 바다 내음으로 남는다

사랑 받고 싶어하는

가을 햇살 속에 은빛가루 흩날리며
바람 앞에 몸을 맡긴 억새
스러지고 일어났다 다시 스러지는
연약한 몸놀림
갈대꽃의 몸놀림으로 가을이 익어간다
가을 억새밭에 서 본 사람은 안다
싱그러운 사랑도 때가 되면 저문다는 것을
짙푸른 나뭇잎새도 언젠가는 메마른 낙엽이 된다는 것을
여린 손끝이 가늘게 속삭인다
사랑하고 싶어 하는 지금,
사랑받고 싶어 하는 지금,
지금이 가장 행복한 순간이라고

무등산 억새밭에서

고흥 거금도 연소 바닷가에서

집 한 채

달빛 교교한 가을밤
연소蓮沼 바닷가에서
허공에 휘영청 뜬 달과
바닷속 깊이 가라앉은
달그림자를 구경하고 놀다
깜박 어미 품속에서
세월 가는 줄 잊었다

곡성 동악산 도림사 극락전 앞 연리지

연리지

당 현종이 양귀비의 무릎에 누워 별을 쳐다보며
사랑을 나누는 장면을
백낙천은 장한가에서 노래한다
"칠월 칠일 장생전에서 깊은 밤 두 사람은 은밀한
약속을 하는데 우리가 다시 하늘에서 만나면
비익조比翼鳥가 되고 이승에서 만나면
연리지連理枝가 되세"

　　누가 먼저 내밀었을까
　　가슴에서 가슴으로 흐르는 강
　　네가 몸져눕는 날
　　내 골수 네게 흐르게 함이라
　　네 속에 흐르는 물 마르면
　　내가 물 되어 네게 흐르기 위함이라
　　서로
　　나 너이게 함이라　　(박철수 시 '연리지'에서)

정읍 산내면 구절초 공원에서

멋진 시월의 어느 날

바라만 봐도
맑아질 것 같은
눈빛이 깊고 그윽한 그대 곁에
살짝 서보고 싶은 그런 시월 오후
행여 그대인가 고개를 돌리니
곱게 물든 단풍 한 잎
어깨를 툭 칩니다
한 잎 낙엽에도
그대 음성이 들립니다
이 가을 더욱 멋진
당신을 기다리고 있습니다

회상, 엄니 마음

된장독에 고개 푹 쳐박고
깊은 숨을 마신다
엄니 냄새
거뭇거뭇 거죽은
아흔다섯 엄니 얼굴이지만
손가락으로 콕 쑤셔 맛본
노란 속은
엄니 마음이다
엄니
우리 엄니

오광섭 작 회상

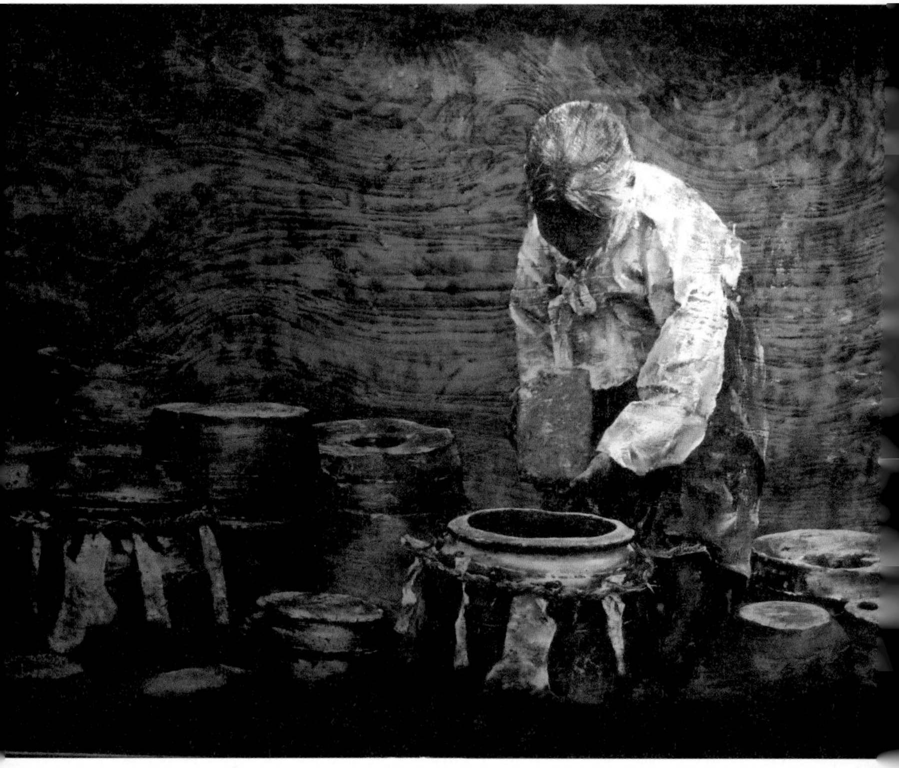

달 항아리

눈처럼 흰,
잔설의 여운이 남아있다고 말하는
넉넉하고 여유로운
백자 항아리

아름다운 것은 진리 Beauty is truth
진리는 아름다운 것 Truth is beauty

존 키츠(John Keats, 1795~1821)

고요한 침묵으로 분칠한
청정무구의 세계
채우기도 하고 비우기도 하는
내면의 깊이가 담긴
항아리는 또 하나의 우주다

청정한 소식은 늘 있느니

산길을 걷다 암자 표지판에 발이 이끌려
빠끔히 열린 사립 안으로 몸을 들였습니다
자그마한 건물 한쪽은 '법당'
한 칸 건너 문지방 위에는 '달바람'
두 개의 현판이 가지런히 걸려 있습니다
마음의 먼지를 쓸어내듯
빗질 자국도 정갈한 마당
그리고 토방 위 댓돌을 대신한
큰 나무토막 위
검정고무신 한 켤레
정말 가슴에 품고 싶은 꽃 고무신
차마 스님의 안부를 물을 수 없습니다
벽 한쪽에 쓰여 있는 시 '소식'이
스님의 안부를 대신하고 있습니다

문 닫고 있어도
아름다운 새 소리에
간드러지는 꽃 소식을 듣고
스산한 가을 색깔을 바라보며
만상의 절절한 이별의
시를 읽는다
청정한 소식은 늘 있느니

저기 노랑이 웃는다

저기 노랑이 웃는다
방긋거리는 아가 입술 같은
행여 저 웃음 다하면 봄이 갈까
조바심 난다
'취했을 때 바라보면 즐겁고
깬 뒤에 바라보면 슬퍼지고'
봄은 봄이어서 어쩔 수가 없다
꽃잎에 내려앉은 노란 햇살
따스한 풍경
곱게 핀
노랑제비꽃

바람이 분다 살아야겠다

바람이 분다 살아야겠다
세찬 바람은 내 책을 여닫고
파도는 분말로 바위에서 마구 솟구치나니

(폴 발레리 '해변의 묘지'에서)

사람들이 떠난 가난의 자리에
여물지 않은 옥수숫대만 바람에 펄럭입니다
바람과 햇볕과 파도만이 주인인
어쩌다 띄엄띄엄
사람이 객이 된 외로운 작은 섬
내 마음도 바람이 되어 펄럭입니다
살아있는 것은 다 바람입니다
바람뿐입니다

새벽 강가를 걷습니다

물안개 핀 새벽 강가를 걷습니다
떠올리기만 해도
나즈막히 불러보는 것만으로도
발걸음이 가벼워지는
아름다운 이름, 극락강
그리운 것들은 눈으로 보지 않고
마음으로 느끼는 것인지도 모릅니다
꿈 길을 걷듯
발길이 닿는 곳마다
추억이 되는 길

녹두꽃은 그렇게 지고

쓸쓸한 바람만 감도는
순창 쌍치 피노마을
한 무리 젊은이들이 그날의 주막을 기웃거린다
금권에 눈이 먼 옛 부하의 밀고로
1894년 12월 2일
전봉준 장군이 관군에 붙잡혔던 곳
백성을 사랑한 죄 무슨 허물이더냐
전시관에서 마주한 전봉준 장군의 그 강렬한 눈빛
뜨거운 피가 아직도 흐른다
농민이 주인이 되는 세상
41살의 혁명
녹두꽃은 그렇게 지고 말았다

전봉준 장군 피체지, 순창 쌍치면 피노리 주막

천연염색, 깊고 진하게

하늘 한쪽 쭉 찢어
쪽물 들이고
홍화 꽃 가슴에 적셔
붉은 물들인다
엄니 생각하는 그리움으로
자식 생각하는 간절함으로
深심, 淺천, 濃농, 淡담
깊고 옅게, 진하고 때론 묽게
수백, 수천 번의 손놀림으로
깨어나는 색깔
진득한 기다림 뒤에 찾아온
색, 색의 조화로움
꿈이 아니길
그래 꿈처럼 살아나기를
더 곱게, 더 아름답게
삶은 곧 물감이 번져가는 세계이다

꿈 같은 하룻밤

제주 성읍 민속촌, 민박 체험가옥 남문집
촘촘히 묶여진 초가지붕과 돌담
허청 안에는 어구와 물 허벅
까만 돼지가 고개를 쳐들고 금방 달려들듯
마당 한 쪽 지금은 빈 돗통(야외 화장실)
거울에 비친, 장난감 같은 3칸 초막 집
민박 체험이라 해 대단한 줄 알았는데
세상에 여기서 자란 말인가?
외관은 옛 모습 그대로라 실망했는데
문을 열고 안으로 들어서자
별 3개짜리 호텔방보다 더 근사하다
사립에 나무막대 하나 척 걸쳐놓고
거드름 피우며 골목에 나서자
구멍 숭숭 뚫린 돌하루방이 배시시 반긴다
"할아버지, 마을 구경해도 되죠?"
오랜만에 마음을 내려놓고, 꿈 같은 하룻밤
와 멋지다!

모래성

물 빠진 백사장에 모래성을 쌓고 있는 아이들
축성공사를 의논하는 듯 그 모습이 진지합니다
한동안 그 모습을 구경합니다
아이들은 성을 쌓고 무너뜨리고 또 쌓고
놀다 지친 아이들은 툭툭 털고 자리를 뜹니다
아이들이 돌아가자 흔적으로
자그마한 모래성이 남았습니다

　　달빛이 빛날 때마다 난 언제나 꿈을 꾸거든요
　　아름다운 아나벨리의 꿈을
　　별들이 뜰 때마다 나는 느껴요
　　아나벨리의 빛나는 눈동자를

젊은 날, 퍽 많이 사랑했던 포우의 '아나벨리' 가
저 성안에 살지 않을까
그런 생각이 들었습니다

봄은 고양이로다

꽃가루와 같이 부드러운 고양이의 털에
고운 봄의 향기가 어리우도다
금방울과 같이 호동그란 고양이의 눈에
미친 봄의 불길이 흐르도다
고요히 다물은 고양이의 입술에
포근한 봄 졸음이 떠돌아라
날카롭게 쭉 뻗은 고양이의 수염에
푸른 봄의 생기가 뛰놀아라

(이장희 시 '봄은 고양이로다')

딱히 잡아야 할 봄도 없지만
그래도 가는 봄이 아쉬워
어느 강변 공원에 나들이 나왔다
따뜻한 봄을 만났습니다
모처럼 차분한 마음 하나 봅니다
봄은 봄인가 봅니다

동해 대왕암 일출

물안개 피어오르는 새벽바다는
대왕암을 품고 눈을 뜬다
운무에 가려 희미하게
용 한 마리가 바위섬을 휘돌아
바다 위를 스쳐지나간다
대왕암 너머로 떠오르는 아침 해는
장엄하고 신비롭다
어둠의 시간을 지나 하늘과 바다를
붉게 물들이며 해가 솟는다
용광로의 쇳물처럼 바위섬이 달아오른다
타오르는 불덩이에 몸을 덴 듯
갈매기들이 끼룩대며
붉은 여명 속으로 아침을 깨우러 간다
해오름을 보기위해 바다 앞으로 나온 사람들
그들의 눈동자 속에도 찬란한 아침 해가 떠오른다

날마다 보는 해인데

해 앞에서는 새로운 다짐을 거듭 하며 살아간다

옛날 신라인들도, 문무대왕도

이 해 앞에서 삼국통일을 기원하며

의지를 다졌으리라

대왕암 위로 솟아오른 해가 찬란하게 빛난다

잠깐 멈춤

잠깐 멈춤
날아온 바다와,
날고 싶은 바다와,
날아야 할 바다가 내 앞에 있습니다

말을 타고 달리다
'내 영혼이 잘 따라오는지' 돌아보기 위해
잠깐 멈춘다는 인디언처럼,
잠시 멈추어 선 지금이 더없이 값지고
소중한 시간입니다

멈추어 서야
내가 날아온 길을 다시 돌아볼 수 있고,
내가 날고자 하는 길도
잘 보인다 했습니다

푸르러 푸르러

강은 산을 담고
산은 강을 품고
서로 푸르러 푸르러
강에 발 담그고 입술 빨갛게 칠한
300년 제 모습 강물에 비쳐보는
왕버드나무
옛 사람들은 이곳에 정자를 짓고
영벽정映碧亭이란 현판을 달았다
느린 듯 여유로움만이
강물을 더 푸르게 한다

환희

습관처럼 카메라에 봄 사진 몇 장 담는 것으로
학생들 숙제하듯 이 봄을 스쳐 보내려다
어린애 얼굴에 담긴 환희가 아니었으면
깜박 이 찬란한 봄을 놓칠 뻔 했습니다
봄날 봄꽃에 취한 동심
꽃이 있어 설렘으로 가득한 봄
동심이 춘심春心입니다

꽃사과꽃 곱게 핀 보성차밭에서

그 여름날의 바닷가

주황 그 순수의 빛
고갱의 영혼을 유혹하고도 남을
원시의 뜨거움
태양은 바다에 떨어져
한순간에
온 천지를 황금빛으로 물들인다
떨어진 노을을 주워
붉게 붉게
마음 물들인
그 여름날의 바닷가

셋.
마음에 꽃등 하나 달고

순천 송광사 삼청선각 계류에 핀 꽃등

마음에 꽃등 하나 답니다

성 안내는 그 얼굴이 참다운 공양구요
부드러운 말 한마디 미묘한 향이로다
깨끗해 티가 없는 진실한 그 마음이
언제나 변함없는 부처님 마음일세

(균제동자 '계송偈頌'에서)

Buddha의 어원은 깨어나는 것, 아는 것,
그리고 이해하게 됨을 의미한다고
틱낫한 스님이 말했습니다
깨어서 이해하는 이를 부처라 부른다고요
깨어서 이해하고 사랑하는 마음을 갖기 위해
오늘 우리는 마음에 꽃등 하나 답니다
소원종심실원만所願從心悉圓滿
원하는 일들이 모두 마음 따라 원만하게
이루어지이다

불일암 가는 길

아름다운 마무리는 처음의 마음으로 돌아가는 것이다
아름다운 마무리는 내려놓는 것이다
아름다운 마무리는 비움이다
아름다운 마무리는 용서이고, 이해이고, 자비이다

(법정스님 '아름다운 마무리'에서)

행복은 결코 많고 큰 데만 있는 것이 아니다
작은 것을 가지고도 고마워하고 만족할 줄 안다면
그는 행복한 사람이다
여백과 공간의 아름다움은 단순함과
간소함에 있다   (법정스님 '홀로사는 즐거움'에서)

스님의 말씀 꽃비가 되어 내립니다
하얗게, 때론 햇빛보다 더 밝게
불일암 뒤 산벚꽃이 그렇게 내리고 있습니다
스님의 무소유 법문처럼

그 모습 그대로

두드리지마라, 문은 열려있다
열려는 마음이 또 하나의 문을 만든다

(달마대사, ?~528 '혈맥론'에서)

"새는 헤엄치지 않고, 물고기는 날지 않습니다
말은 달리지만 기어가지 않습니다
그 모습 그대로
세상은 그대로 진리입니다"

석양의 여린 햇살이 노스님의 얼굴에 머물자
방안이 환하다
천진불 같은 순한 미소
마음이 한가하니 작은 찻잔에
세상을 담고도 남아돈다

소백산 작은 암자에서

조계산에 있는 진각국사 부도

스님, 적적하시죠?

스님 적적하시죠?
노란 원추리꽃이 꽃공양을 올리며
환한 웃음으로 이야기 드린다
보조국사에 이어 송광사에서
크게 선풍을 일으킨 진각국사 혜심(1178~1234)
강진 월남사지에는 진각국사비(보물 313호)가,
조계산 깊은 곳에는 부도탑이 있다
화풀이 하듯 퍼붓다 며칠 찌푸리고
그러다 잊을 만하면 또 쏟아지고
여름장마 심사 참 고약타
산에는 여전히 꽃 피고 새 울고
간간이 시원한 바람
이제 장마도 머지않았나 보다

만나게 하소서

제가 어둠 속에서 방황할 때
당신의 빛을 만나게 하시고,
시련으로 고통을 당할 때
당신의 손을 잡게 하시며,
불화로 인하여 반목할 때
당신의 미소를 보게 하시고,
나태와 좌절에 빠져 허덕일 때
당신의 고행을 배우게 하소서
우리는 줌으로써 받고
용서함으로써 용서 받으며
함부로 남의 잘못을 전하지 않고
남에게 상처를 입히지 않으며
듣지 않은 것을 들었다고 하지말며
보지 않은 것을 보았다고 하지 않겠습니다

(상용 발원문 중에서)

통영 미륵도 미륵산 미래사(彌來寺)

조용한 옛 이야기 – 보령 성주사지

천년의 세월을 이겨낸 석등과 탑들만이
여전히 그 자리에 남아 조용하고 조심스럽게
화려했던 옛 얘기를 전하고 있다
5층 석탑 뒤로 불대좌가 놓여있는 금당터는 좁다
탑이 사찰의 중심이었던 시대
금당에는 특별한 사람만 들어갔나 보다
절 입구 어디쯤 당간에 깃발을 꽂고 탑 앞 넓은 곳에
단을 세우고 법단을 만들어 야단법석을 이루었으리라
잡초와 하얀 망초꽃이 그 날의 대중들인 양 빈 터에
가득하다
금당터 뒤로 3층 석탑 3기가 법당 안의
과거 현재 미래의 3세불을 옮겨 놓은 듯 가지런하다
성주사는 백제시대 절로 신라 9산 선문 중 가장 규모가
컸던 성주산문의 중심 사찰이었으나 임진왜란으로
쇠퇴, 17세기 말에 폐사되었다 한다

사적 307호인 성주사지에는
국보 8호인 낭혜화상 백월보광탑비와
보물 3점, 지방문화재 3점 외 여러 석물과
아직 발굴을 하지 않은 수많은 문화재가 묻혀있어
불교사적으로 매우 중요한 곳이라 한다

개심사 경지鏡池

외나무 다리

부나야사 존자에게 마명거사가 예배하고 묻습니다
"어떤 것이 부처입니까?"
"그대가 부처를 알고자 하지만,
알지 못하는 그것이 바로 그것이니라."
"부처도 알지 못하거늘 어찌 그것인 줄 압니까?"
"아직 부처를 알지 못하는데,
어찌 그것이 아닌 줄을 아는가."

곱게 늙어 맑은 기운이 마음을 열게 하는
고향집 같이 포근하고
어머니처럼 가만히 반겨
웃어주는 절집에
담박한 차 한 잔 얻어 마시려고
경지鏡池의 외나무다리 건너
개심사에 듭니다

매화가 눈을 털고

어느 때 송담 큰스님이 무아정적無我靜寂의
경지에 드셔 몇 장의 달마를 치고 계셨다
방 안은 묵향 소리만 있을 뿐,
조용히 먹을 갈던 젊은 스님이
"어느 것이 진짜 달마입니까?"물었다
"여하시 진달마 如何是 眞達摩"
노스님은 빙그레 웃으시며
"봄을 찾아 모름지기 동쪽을 향해 가지 말지어다
서쪽 정원의 찬 매화가 이미 눈을 털고 일어났나니"
"심춘막수향동거 尋春莫須向東去
 서원한매이파설 西園寒梅已破雪"
마음으로 가르침을 주셨다
그날 자리에 있던 몇 분께
여시인연如是因緣이라 쓰시며
흰 봉투에 달마 한 점씩 넣어 주시고는
맑게 웃으셨다

월출산 마애불

월출산 구정봉(738m) 벼랑 끝
바위를 털어내고 부처를 찾아냈다
산세만큼 우람한 영암 회문리 마애불은
인간 세계를 내려다보며 기다렸던 무언의 말씀을
전하고 있다
바위 면을 파서 직사각형의 방을 만들고 그 안에
거대한 석불로 앉아 있는 부처는
당당하고 강건한
고려 석불의 전형을 보인다
이끼 낀 불상의 오른손 귀퉁이에 조그만 동자상이 서 있다
관세음보살에게 법을 구하는 선재동자처럼
세상에 물들지 않은 천진불
금방 우리 곁에 걸어 나올 것만 같다
막이 내리고 모두 떠난 텅 빈 무대처럼 숨 막히는 정적,
빈 절터에 정지된 시간, 무상한 세월, 다 어디로 간 걸까?

영암 월출산 용암사지, 마애여래좌상(국보 144호)

곡성 관음사 석조어람관음상

아기 손금 같은 성덕산 산길 따라 이십여 리
속俗과 성聖 이어주는 금랑각錦浪閣 넘어서면
1700년 불법 이은 백제 최초 관음도량
곡성 관음사
왼손으로 물고기를 안고
등에는 물고기 꼬리가 새겨진
반가사유 고졸한 자태
그윽한 미소로 반기는
중생 곁에 나투신
어람관세음보살님
심청전 모태인 창건설화 덕으로
곡성은 심청의 효를 팔지만
그 효심 찾는 이 없는
절간 같은 절집
보문시현普門示現 돌부처의 따뜻한 미소만이
절집을 지키고 있다

국내에서 유일한 석조어람관음상

가세 가세, 어서 가세

큰 지혜로써 피안의 세계로 이끄는 지혜의 배
극락세계 왕생에 대한 중생의 간절한 염원을 상징화한
용의 모습으로 배를 삼은 반야용선
뱃머리에는 죽은 사람의 넋을 받아 극락세계로
인도한다는 인로왕보살이
배 뒤쪽에는 중생을 지옥의 고통에서 구해주는
지장보살이 보살피고
선실에는 스님 양반 노인 여인 이승에 미련이 남아
뒤를 돌아보는, 모든 사람들의 극락왕생에 대한 부푼
꿈을 가득 싣고 거친 파도를 헤치며 용선은 나아간다
검푸른 파도가 일렁이지만 고통의 바다도 잠깐
연화장세계도 머지않은 듯
구름 위로 솟아나는 하얀 연꽃
저 연꽃 속에 피어날지니
깨달음에 이르는 길이 극락이고
그 마음이 곧 극락정토이니

"아제아제 바라아제 바라승아제 모제사바하"
(가세 가세, 어서 가세, 깨달음의 세계로 어서 가세)

통도사 극락보전 외벽 반야용선도

봉암사 태고선원

'철수개화鐵樹開花 화중생연火中生蓮'
쇠로 된 나무에서 꽃을 피워내고
불 속에서 연꽃을 자라게 하는
눈 푸른 납자들의 수행도량
1년에 한번, 부처님오신날만 산문을 여는
조계종 선풍禪風의 자존심
신발에 묻은 먼지까지 털어냈지만 나를 비울 줄 몰라
차마 진공문 너머에 발을 들여놓을 수 없다
얼마나 많은 복을 지어야
어느 생에 저 마룻바닥에라도 앉아 볼 수 있을까
"바람이 불면 풀이 스스로 흔들린다"는
조실스님의 법문만 가슴에 담고
발길을 돌린다

진공문眞空門

입차문내막존지해入此門內莫存知解

이 문 안에 들어오면 알음알이를 내지 마라

바늘 떨어지는 소리가 들리도록 바람도 숨죽여

지나간다는 동방 제일의 수행도량 태고선원

조계종풍의 근거지, 한국불교의 정신적 지주

희양산 봉암사

진공문 안쪽으로 희양산문태고선원曦陽山門太古禪院

편액이 보인다

무욕의 경지 – 무위사 극락전

몬드리안의 그림을 본듯
가로 세로 반듯 반듯 줄을 긋고
곱게 색칠해 놓은 옆얼굴
참 정갈하고
맑은 기운 가득하다
무위無爲, 내가 있다는 생각을 넘어선
무아와 무욕의 경지에서 성취한, 도道
무위사 극락보전은
국보 집 안에 또 국보 한 점, 보물 3점
그래서 침묵의 시간조차
모두 보물이 되나보다

돌이 된 아내 – 강진 월남사지 삼층석탑

석공과 그의 아내와의 사무친 그리움에 대한 이야기가
발길을 잡는다
탑을 만드는 석공에게 젊고 예쁜 아내가 있었다
아내를 두고 멀리 떠나는 일이 못내 아쉬웠지만,
탑을 완성하고 돌아오는 날까지 절대 나를 찾아오지
말라고 당부하고 먼 길을 떠났다
남편이 너무 보고 싶어 몰래 절로 찾아와 먼 발치서
탑을 쪼는 남편을 바라보던 아내는 그냥 돌아서기
너무 아쉬워 작은 목소리로 남편을 불렀단다
아내 목소리를 들은 석공이 아내를 향해 고개를
돌리는 순간 벼락이 치며 탑은 산산조각 나고
아내는 돌로 변해 버렸다
슬픔을 추스르고 다시 탑을 만들어야 했지만
주변에 쓸 만한 돌이 없었다
석공은 생각 끝에 돌로 변한 아내를 옮겨 와
눈물로 이 석탑을 완성했다 한다

탑에 귀를 기울이면 바람결에 사랑하는 사람의
이름을 부르는 것만 같아 더욱 애닯다

월출산 남쪽에 포근히 안긴 우아한 자태의 월남사지 삼층 석탑(보물 298호)

무위사 극락보전 앞 배례석

넘치지도 모자라지도 않는 그 크기의 편안함
무위사 극락전 앞은 탑도 석등도 없는 그래서
환하고 정갈하고 시원하다
마당에 자리를 펴고 배례석에서 예를 갖춘 다음
부처님의 사자후를 듣기에 알맞은 크기의
비어있되, 비움으로써 채움을 얻는 곳
그곳이 무위사 극락전 앞 마당이다
한 천 년 피어있었을까?
이 마당의 세월과 깊이를 더해주는 빈 마당을
지키는 조그만 배례석 하나
그리고 그 위에 활짝 핀 연꽃 한 송이
공손히 3배 올리고 연꽃 위에 이마를 맞대고 고개를
쳐드니 아미타불의 미소가 환하다
욕심도 걸림도 다 내려놓으라고 웃음으로 맞이한다
정갈하고 욕심없는 광대무변의 극락정토는 저런
모습일까?

배례석 위에 쏟아진 햇살이 단청 벗겨진 빗살 창호를
비집고 법당 안을 비추자
순간 불좌 위 정자井字 천장 칸칸이 피어난 꽃들이
허공에서 춤을 춘다

지리산 법계사 사리탑

지리산 천왕봉 밑 해발 1,500m 하늘 아래 첫 절집
신라 진흥왕 때(544년) 연기조사가 부처님
진신사리를 봉안하면서 창건 되었다는 법계사
법계사가 흥하면 일본의 기운이 쇠한다는 전설로
아니면 우리나라 제일 높은 곳에 있다는
상징성 때문에
고려 말 왜구, 임진왜란, 일제 강점기
세차례나 일본에 의해 불타고
다시 한국전쟁 때 전화를 입어 초라한 초옥으로
사리탑을 지켜오다
1981년에야 오늘의 모습을 갖추었다 한다
거대한 바위를 기단으로 한 불사리탑
적멸보궁, 극락전, 산신각, 요사채 등
가파른 지형에 따라 계단식으로 전각들이 들어서 있다
용이 똬리를 틀고 범이 웅크린 듯한 형국이라는
천하의 승지 법계사

이곳에 있기만 해도 신선이 된 듯
우주법계를 감싸 안은 사리탑 앞에 서면 새로운
세상이 환히 열린다
산 아래 산이 눕고,
웅장하면서도 모나지 않은 포근함
역시 산은 지리산이고 절은 법계사다

산청 법계사 삼층석탑(보물 473호)

내가 아닌 나

팔만 대장경 8만 1,258장의 경판에 새겨진
5,200여만 자의 핵심을 단 한 글자로 요약하면
바로 마음 심心이라 합니다
마음을 만나고
마음을 닦는 곳
겨울 산사 해인사
그곳에서 새로운 나를 만납니다
해인사 일주문 앞에는 대나무로 만든,
작은 인간을 품은 더 큰 인간을 형상화 한
'내가 아닌 나'(최평곤 작)가 세워져
오늘 나의 모습과 삶을 투영합니다
무심코 스쳐지나가면 그만이지만 뒤돌아보면
시원한 물 한 잔 마신 것처럼
새롭게 채워집니다
예술이란 물처럼 스며드는 흐름입니다

해인사 일주문에서

하늘처럼 높은

혜윤
그 사랑스런 이름
가만히 네 이름 입에 뇌이면
어느새 단물 되어 몸에 배이고
불끈 힘이 솟는다
네 힘찬 함성으로
사랑과 희망의 5월 아침이 열렸었지
모두들 연꽃등에 불 밝힌
오월 어느날
우린 참 행복했더란다
네 곱고 보드랍고 반짝이는 눈빛으로
우리 마음 밝아지고
네 활짝 웃는 모습 너무 예뻐
너를 보며 늘 천사의 꿈을 꾸었지
될 성싶은 나무는
떡잎부터 알아본다더라

불끈 쥔 두 주먹, 우렁찬 목소리
무엇이 두려우랴
땅속 깊이 뿌리내리고
하늘 높이 가지 뻗으려무나
우리는 단지 바라볼 뿐
그리고 먼 훗날
하늘을 덮는 큰 나무 그늘에 앉아
편히 쉬면서
얘기할 것이다
그때 우리는 벌써 알았노라고

귀신사 석수

금산사에서 고개 하나 넘으면 몇 개의 돌계단 위에
조촐히 앉아있는
한 때는 금산사를 말사로 거느리고
호남평야를 관장하던
신라 화엄십찰 중의 하나였던 귀신사歸信寺
천년의 영화도 잠깐
두 번의 왜란으로 황폐해진 중생의 마음을
달래기라도 하듯
대적광전 안에는 법당이 터져나갈 듯
흙으로 빚은 삼존불이 가슴을 열고
네 작은 눈으로 나를 담으려 하지 말고 마음을 열고
마음의 눈으로 나를 보라고 타이르고 계신다
법당 뒤 탑전 곁, 개처럼 생긴 사자가 엎드려
등 위에 제 양근陽根을 또 양근을
도량이 구순혈狗脣穴로 구순의 음기를 누르기 위해
풍수비보적인 상을 세워

불교와 민간 신앙이 어울린 문화의 한 단면을
보여주고 있는 곳
아낙들은 쌀 한 되박을 퍼가지고 와 부처님께 절하고
이 양물을 만지며 아들 낳기를 빌었을 것이다
귀신사는 시골 무지렁이들과 부처가 하나가 되어
가슴 따뜻하게 살아가고 있는 가장 서민적인
절집이다

지리산 상무주암

지리산 품속에서 지라산을 가장 잘 볼 수 있는 곳
삼정산
눈 덮힌 지리산의 주 능선이 손에 집힐 듯 가깝다
서쪽 만복대에서 일백 리 천왕봉에 이르기까지
산들이 철벅철벅 걸어와 조복하고
기암과 적송이 빚어낸 선경은
신선도 탐낼 듯 아름다운 곳
그곳 1,200m 고지에 상무주암은
조촐한 모습으로 그림처럼 앉아있다
보조국사 지눌부터 수많은 선객이 수행 정진했던
금강산 마하연과 함께 한국불교의 선맥을 이어온
청정 도량
한때 염송설화 30권을 쓰다 붓끝에서 사리가 나왔다는
구곡각운대사의 필단사리 3층 석탑이 방광하여
세상을 놀라게 했다지만
눈을 덮고 있는 사리탑도 경봉 큰스님이 쓴 상무주 현판도

선정에 든 듯 쓸쓸한 침묵이 무겁기만 하다
삼정산 능선을 끼고 영원사, 건너편 도솔암,
상무주암, 문수암, 삼불주암
견성골 지나 약수암, 실상사까지
천년 고찰들이 불국토를 이루고 있다

예와 지금이 같이 있으나

무량원겁즉일념無量遠劫卽一念
일념즉시무량겁一念卽是無量劫
구세십세호상즉九世十世互相卽
잉불잡란격별성仍不雜亂隔別成

한량없는 시간이 곧 한 생각이고
한 생각이 곧 한량없는 세월이다
예와 지금이 같이 있으나
어지럽지 않고 제각기 이뤄지네

('법성게' 에서)

신라시대 철감선사가 세운 우리나라 유일의
목탑 형식 대웅전 쌍봉사
1984년 소실되어 옛 모습으로 1985년 복원
1694년 조성된 법당 안의 목조삼존불은
화마를 피해 옛 모습 그대로이다

신라시대 화려한 걸작품
철감선사탑(국보 57호), 철감선사탑비(보물 170호)
목조삼존불, 극락전, 아미타좌상 등
여러 문화재를 간직한
통일신라시대 구산선문 중
사자산문 화순 사자산 쌍봉사

기원정사 종각

소원 들어주는 - 마라도 기원정사

덩 덩 덩 우리 땅 끝 벼랑에 걸린 범종에서
오랜 침묵을 우려낸 종소리가 세상 가득 퍼집니다
바다를 만나 파도가 되고, 하늘을 만나 구름이 되고
초록을 만나 푸름이 되고, 꽃을 만나 웃음이 되는
그래 세상은 환하고 푸르고 맑고 아름답습니다
넓은 바다로 풍덩 빠져 떠내려가는 듯한 마라도에는
바쁜 사람을 대신해 파도가 목탁을 치고
파도소리가 염불을 하고, 갈매기가 요령을 흔듭니다
어서 통일 하자고, 어서 통일 하라고
안기면 어머니 젖무덤 같이 포근하고
세상 사람들의 소원을 다 들어주고도 남을
해수관음보살이 반기는,
거기 마라도에 기원정사가 있습니다

남원 개령암지 석불군상(보물 제 1123호)

명월지불明月智佛

지리산 정령치에서 고리봉 쪽으로 30분 쯤 오르면
1,305m 고리봉 아래 절벽 바위에 반야봉을 마주하고
크고 작은 부처님 12분이 여러 모습으로 계신다
타원형 얼굴, 다소 과장된 큼직한 코,
간략하게 처리한 옷주름,
듬직한 체구 등에서 고려불상의 특징을 보이고 있다
4m 높이의 가장 큰 부처 곁에 명월지불明月智佛이란
글자가 새겨져 있어, 진리의 화신인
비로자나불임을 알 수 있다
멀리 지리산맥이 파도친다. 지리산을 품에 안은
편안하고 인자한 모습의 부처님들
고려 사람들의 깊은 불심이 가슴 뭉클하게 전해지지만
긴 세월 지리산을 지키기에 힘에 겨운듯,
헐어진 불상의 모습들이
산속의 적막함과 함께 천년 세월의 무상함을 더해준다

우리는 모두 부처라네

제법종본래諸法從本來
상자적멸상常自寂滅相
불자행도이佛子行道已
내세득작불來世得作佛

모든 존재는 본래부터
항상 스스로 고요한 모습이었네
불자들이 이 같은 길을 걸어간다면
오는 세상 모두 부처를 이루리   ('법화경'에서)

화엄경에 이르길
'일체중생이 부처님과 다 같은 덕성을 갖추었구나,
참 놀랍도다'
우리는 본래 부처인데
생각이 중생이라 합니다
우리들의 성품은 밝고 청정하며
무한한 지혜와 능력 가지고 있다 합니다

그것을 찾으라는 가르침이 불법이라 하나봅니다
어디선가 본듯한, 마치 동네사람들 불러
기념사진이라도 찍은 것처럼
다르면서도 같은, 같으면서도 다른 천의 얼굴들
깨달으면 이렇게 하나가 되는가
이것이 바로 부처의 모습인가 봅니다

화엄사 구층암 천불전

안아주고 싶어라 – 오대산 서대 염불암

오대산 깊은 곳에 서대 염불암이 있다
아무것 없어도 넉넉하고
허물어질 듯 초라하지만
덥석 안아주고 싶은 너와집 한 채
꽃봉오리처럼 피어오른 일만 문수보살의 상주처
'임이여! 발길을 돌리소서'
암자에 드는 길도 없지만
일주문처럼 반기는 돌아가라는 푯말 하나
방 한 칸, 부엌 한 칸
좁은 방을 또 나눠
위 쪽은 법당, 아래 쪽은 선방
문 없는 벽장을 수미단으로 아미타부처님을 모셨다
누구라도 이 앞에 서면 합장하고
'나무아미타불 관세음보살' 절로 입이 열리리라
한강 발원지 '우통수'가 암자 곁에 있다

달과 토끼

옛날, 숲 속에 토끼와 여러 동물이 선인仙人과 함께
살았답니다
가르침을 준 선인에게 다른 동물들은 많은 공양을
올렸으나 토끼는 아무것도 드릴 게 없어 고심 끝에
장작불을 피우고 제 몸을 보시하기로 했습니다
이를 본 하늘의 제석천왕은 산토끼의 자비심과
희생정신을 영원히 기리기 위해 달 속에 토끼의
모습을 그려 넣었습니다
달에서 방아 찧고 있는 토끼는
다름 아닌 전생의 부처님으로
부처님 본생담에 나온 얘기입니다

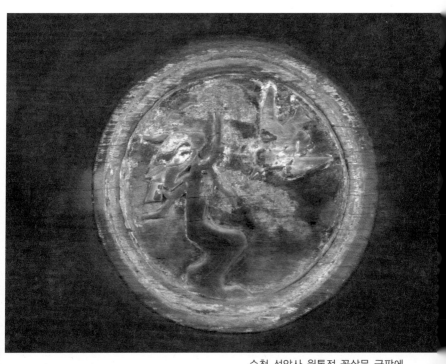

순천 선암사 원통전 꽃살문 궁판에
방아 찧는 토끼와 삼족오 그림이 투각 되어있다

여수 향일암에서

파랑

파랑
도도한 미인 같은, 휑 돌아서는
새침데기 아가씨 같은 색
그 눈부신 파랑이 깨어나는 곳
하늘과 바다
파랑은 눈으로 보는 것보다
마음으로 느끼는 색
바다 끝, 하늘가에서
파랑을 그리워하다 돌이 된 거북들과
파랗게 파랗게 마음 물들인다

보성 차밭에서

당신을 만나러 가던 그날처럼
다시 보성 차밭에 왔습니다
'보이는 세계'에서 '보이지 않는 세계'의
꿈을 그리는 소녀 곁에 서서
한참을 생각했습니다
늘 초록으로 살게 해주는
고마운 당신을
차밭을 걸으며 생각합니다
'차 끓이자 향기 일고
물 흐르고 꽃이 핀다'는
소동파의 차 한 잔
오늘 당신과 함께 들고 싶습니다
보성 차밭은 꿈입니다
그리운 소녀의 꿈길입니다

문화재 뒷간

선암사 뒷간 창틀 너머로
넌지시 비친
홍매화 한 가지
뒷일 보러
살짝 걸어놓은
스님네
빨간 가사 한 자락
참 곱기도 하구나
천 년 시간을 얹어놓으니
뒷간도 선암매仙岩梅도
문화재가 되었구나

산괴불주머니꽃

사랑은 날개를 다는 것
젊은 저 눈부신 봄의 색
눈부신 그 봄날의 추억
포르르 하늘을 나는 모습
가만히 보고 있으면 눈물이 납니다

건봉사 능파교

고성 건봉사 능파교(보물 1336호)는
대웅전 지역과 극락전 지역을 연결하는 홍교로
폭 3m, 길이 14.3m, 높이 5.4m의 비교적 큰 다리이다
숙종 30년(1704년)에 축조 연대와 건립자 등을 알려주는
비석이 함께 있어 홍예교 연구에 귀중한 자료이며
우리나라 돌다리의 아름다운 조형미를 잘 보여주는
귀중한 다리라 한다
특이하게 건봉사 영역에 또 다른 2개의 홍교가 있는데
아래쪽에 능파교와 크기, 제작 년도가 비슷한 육송정
홍교(보물 1337호)가 있고, 두 다리 중간 지점에 조그만
홍교가 있어 건봉사가 얼마나 사세가 대단했던가를
보여주고 있다
아래 두 홍교는 다리 곁으로 찻길이 나
자칫 모르고 지나칠 수 있어
그 아름다움을 놓치기 쉽다

건봉사 능파교(보물 1336호)

지리산 연곡사

지리산 피아골 연곡사

한 때는 수행승이 넘쳐나 늘 식량이 부족해

척박한 땅에 잘 자라는 피(기장)를 산기슭에 심어 배고픔을

달랬다 한다

피밭골이라 부르던 것이 점차 변화되어 피아골로

불러지게 되었고,

피를 가꾸던 밭이라 기장 직稷 밭 전田을 써

반야봉 초입 마을을 직전이라 부른다

임진왜란, 동학, 의병활동, 빨치산

그 아픔을 다 참아내느라 계곡을 가득 채운 전각들은

꿈처럼 그림자처럼 이슬처럼 번개처럼 사라지고

산 물 바람과 석물만이 남아 그날의 영화를 얘기한다

국보 2점, 보물 4점

나무를 깎아 만들었다 해도 어찌 이렇게 아름다울까

지리산 연곡사 북부도(국보 54호)
일체유위법一切有爲法－일체의 모든 유위법이
여몽환포영如夢幻泡影－꿈 환영 거품 그림자 같고
여로역여전如露亦如電－이슬과 같고 번개와 같다
응작여시관應作如是觀－응당히 이와 같이 관해야 하느니라
'금강경 32품'에서

발 아래 핀 꽃

마음씨 좋은 옆집 아저씨거나
막걸리 텁텁한 냄새 확 풍기는 할아버지거나
오다가다 마주친 얼굴
부처는 본래 특별하지도 않고
달려가 꾸뻑 절하고 싶은
흔하디흔한 얼굴이나 봅니다
저 모습으로 누군가는 부처의 길로 들어섰고
누군가는 대장부 일대사를 걸었을 텐데
발 아래 꽃이 핀 불두는
세상의 무상을 들려줍니다

법열

나에게 경전이 한 권 있는데 我有一券經
종이와 먹으로 만들어지지 않았다네 不因紙墨成
펴 보면 한 글자도 없지만 展開無一字
언제나 밝은 빛을 띤다네 常放大光明

('화엄경'에서)

빛의 경전. 빛으로 가득한 경전. 마음으로 쓴 경전
알음알이나 물질로 쓴 것이 아니라
맑고 밝은 빛으로 가득한
빛의 만다라
자장율사는 다섯 봉우리로 에워싸인
'나는 용이 여의주를 물고 희롱하는 형국'이라는
중대 사자암에 부처님 진신사리를 모신
적멸보궁을 짓고
산 이름을 오대산이라 했다

기도

부처님의 거룩한 법 한없이 높고 깊어
백천만 겁 지나도록 만나 뵙기 어려워라
부처님의 가피로써 보고 듣고 지니오니
부처님의 진실한 뜻 깨치기를 원합니다

('천수경'에서)

과거의 죄를 뉘우치는 것을 '참'
뉘우침으로 하여 다시는 죄를 짓지 않겠다는 것을 '회'
우리는 흔히 '참회懺悔'라 합니다
고창 도솔산 깊은 곳에 참당암懺堂庵이 있습니다
선운사 산내 암자 중 가장 오래된 절집으로
암자에 드는 길이 너무 아름답습니다
대웅전(보물 803호)에 앉아
지나온 삶을 돌아보기에 좋은 곳입니다

쑥부쟁이

쑥부쟁이와 구절초를
구별하지 못하는 너하고
이 들길 여태 걸어왔다니
나여, 나는 지금부터 너하고 절교다

(안도현의 시, '무식한 놈'에서)

구절초면 어떻고 쑥부쟁이면 어떠리오
가을의 낭만과 서정을 지닌, 향 은은하고
정겹고 순수한 모두 들국화인 걸
굳이 구별하자면
한 꽃대에 한 송이씩 핀 구절초
한 꽃대에 여러 송이 달린 쑥부쟁이
꽃잎 뭉툭한 흰색의 구절초
꽃잎 가늘고 긴 보라 쑥부쟁이
드물게 흰색의 쑥부쟁이가 산비탈에 피어
가을의 향기를 전하고 있습니다

지리산 둘레길 고기리에서

넷.
긴 발자취

가거도 노을

지는 해를 보면 얼굴이 화끈거린다
속 깊이 묻어둔 뜨거움들이 눈가에 맺힌다
이제 돌아서야지
떠나가야지
밤하늘처럼 밤바다처럼
깊어지고
어두워지고
그 옛날 얼마나 사람이 그리웠으면
이곳도 '사람이 살 수 있는 곳 '이라고
그래서 가거도可居島라고
이 나라 땅에서 해가 제일 늦게 지는 곳
하늘도 바다이고
바다도 하늘이다

개암사 원효대사의 방

곰삭은 곰소의 구수한 젓갈마냥
곱게 늙은 개암사 대웅전
개암사는 대웅전 하나로 족하다 하지만
그 절집 위 닭벼슬처럼 얹혀있는
울금바위 위에서 내려다보면
김제평야의 지평선
출렁이는 서해의 수평선
이를 함께 볼 수 있는 곳이 능가산 개암사이다
쪼개진開巖 울금바위 아래
원효대사가 수행한 굴
원효방이 있다
아늑한 굴 안에 벽을 타고 실낱같은 물이 흐른다
1300년 마르지 않은 원효의 마음 이름하여 유천乳泉
그때의 원효처럼 한 움큼 물을 떠 목을 축인다
시원하다

개암사 대웅전 반야용선 타고
어서 서해 건너 피안의 땅으로 가라고
원효대사가 이르시는 것 같다
급히 산을 내려 절집에 든다

조광조 선생 적중거가

1519년 기묘사화에 연루된 조광조 선생은
전라도 능성현(현 전남 화순군 능주)으로 귀양와
노비가 살던 초가삼간에서 구차하게 지내다
35일 만에 사약을 받고 세상을 떠나셨다
그림자 진 마당의 어디쯤

　　임금 사랑하기를 어버이 사랑하듯 하였고 愛君如愛父
　　나라 근심하기를 집안 근심하듯 하였네 憂國如憂家
　　밝은 해가 아래 세상을 내려다보고 있으니 白日臨下土
　　거짓 없는 이내 충정을 환하게 비추리라 昭昭照丹忠

38살 젊은이의 꿋꿋한 기상을 절명시로 남기셨다
적거지謫居地에는 그곳 생활과
훗날 영의정으로 추증된 기록들을 담은
송시열의 적려유허비와 영정각, 애우당愛憂堂이
불우한 개혁가의 삶을 비춰주고 있다

강골 마을 가는 길

서편제 보성소리 같은
초록 이끼 머금고 있는 옛 마을
보성 득량 강골
숲, 고택, 정원, 사람들
그저 자연의 일부로 푸르를 뿐
저 골목길 끝에
열화정悅話亭이 있다
1845년에 세워져
대한제국 말기 꿋꿋한 기상과 절개로
일본 제국주의에 항거해 싸웠던
선비들이 모여
인격 수양과 학문을 배우고 논하던 정자
서편제, 태백산맥, 혈의 누 등
영화의 배경이 되었던
강골마을에 가만히 서 있기만 해도
몸과 마음이 역사가 된다

임백호(1549~1587) 선생의 물곡비(勿哭碑)

곡하지 마라

조선 문학사에 동방의 두보로 추앙받는
백호 임제 선생은 인간 역사를 풍자한 화사花史
인간 심정을 의인화한 수성지愁城誌
정치권을 풍자한 원생몽유록元生夢遊錄 등
한문소설과 700여 편의 시를 남기셨다
자유분방한 기질을 지닌 자유인으로 사대주의와
당쟁을 비판하고 민족의 자주독립 사상과
인간 평등을 주창하며 자유스런 시어의 여행을
만끽한 풍류시인이라고 얘기한다
나주 임씨 본향인 나주 회진 영산강이 굽어 보이는
영모정 언덕에 임종 시 자식들에게 남긴 물곡비가 서 있다

사방의 나라마다 모두 황제라 부르는데
오직 우리만 자주독립을 못하고 속국 노릇을
하고 있는 이 욕된 처지에서 살면 무엇하고
죽은들 무엇이 아까우랴
곡하지 마라

담양 금성산성 보국문

장성 입암산성, 무주 적상산성과 함께 호남의 3대
산성인 금성산성
삼국시대 축성되어 고려 때는 왜구를, 임진 정유재란
때는 의병의 본거지로, 동학농민운동 등 군사 요충지로
숱한 전란을 맞으며 이 땅을 지켜온 곳
내문 외문 서문 동문 동헌 관아 대장청 등 군사시설과
함께 난시에는 7,000여 명의 군과 백성이 함께했던
완벽한 요새였으나
갑오 농민운동 때 일본군과 관군에 의해
완전 소실되어 성 안에는 그 흔적만 남아있다
외성의 둘레 6,486m, 내성은 859m 정상에 오르면
무등산 추월산 강천산 등이 아래로는 담양호가
펼쳐져 있다

굽이굽이 아픔의 역사가 새겨진 삶의 지층들
맨몸으로 올라도 숨찬 비탈길을 돌짐을 지고 나를 때
누군가는 그러더라 성을 쌓던 민초들은 배고파 죽고,
병들어 죽고, 돌에 깔려 죽고, 추위와 더위에 죽었다고
빛바랜 성곽에는 이들의 땀과 눈물이 있어
다시 삶을 만들어 이어오고 있다

담양 금성산성(사적 353호)

만재도에서 여의주를 줍다

국토 서남단, 끝이 아닌 끝
목포에서 흑산도, 가거도(소흑산도) 지나
쾌속선으로 5시간 남짓 도착하는 망망대해 그 너머
사람이 그리운 섬 만재도
한때는 마을 건너편에 파시가 열려 흥청거렸다지만,
닳고 닳은 돌계단에 방금 그곳을 딛고 올라간
누군가의 온기가 남아있을 것 같다
사람의 흔적이 얼마나 가슴 저린 아픔인가
세월은 바람처럼 지워가고 있구나
천 년의 무게를 간직한 동백나무 고목에
정월 보름달이 걸려있다
두 마리의 흑룡이 여의주를 희롱하는 듯
모든 일이 생각처럼 이루어 준다는 여의주,
여의주 한 알 드리오니 잘 간직하소서
그대 생각 다 이루어지이다

구구 소한도

하늘로 올라간 그리움들이 눈물이 되어 그대 가슴에
내리다 눈이 되었는지, 하늘도 땅 위에 내린 눈도
쳐다 보는 마음도 다 눈이 시립니다
1월 20일 대한 날, 겨울도 한창입니다. 소복이 쌓인
눈 위에 핏방울처럼 빨간 마음 하나씩 색칠합니다
비록 옛 선비의 구구소한도는 못 되어도 마음의
홍매화 한 가지 그대 가슴에 안길 듯도 합니다
겨울이 깊어갈수록 봄도 가깝다 했습니다
신 흠(申欽, 1566~1628)의 한시 한 구절이 생각납니다

> 동천년노항장곡 桐千年老恒藏曲
> 매일생한불매향 梅一生寒不賣香
> 오동나무는 천 년이 되어도 항상 곡조를 간직하고
> 매화는 일생동안 춥게 살아도 향기를 팔지 않는다

조선 숙종 때 장륙전이 있던 자리에 각황전을 중건
하고 이를 기념하기 위해

구례 화엄사 각황전 곁

계파선사가 심었다고 전하는 홍매 한 그루
그래서 장륙화라고도 부르며, 다른 홍매화보다
꽃이 유난히 검붉어 흔히 화엄흑매라 부릅니다
옛 선비들은 구구소한도九九消寒圖를 벽에 붙여 놓고
봄을 기다렸다 합니다
동지(양력 12월 22일) 부터 세기 시작하여
81일간이 구구九九에 해당됩니다
흰 매화꽃 봉오리 81개를 그려놓고
매일 한 봉오리씩 붉은색을 칠해서 81일째가 되면
구구소한도九九消寒圖의 81개의 백매白梅는
모두 홍매紅梅로 변하게 된다 했습니다
이때가 3월 12일 무렵이 된다고 합니다

성혈사 나한전 꽃살문

천년 마르지 않은 연못 하나
이제 막 피어난 꽃에서부터
천 년 세월 거스른 꽃까지
어느새 고운 색은 다 지워졌지만
연못에는 연잎과 연꽃들이 그득하다
물고기가 뛰놀고, 새들은 먹이 찾아 날아들고
연잎에 올라탄 동자는 그 모습이 신기한 듯
풍요와 안락의 극락정토가 여기인 것을
의상대사는 부석사를 짓기 전
여름에는 초막을 치고 초암사에서
겨울에는 땅굴을 파고 성혈사에서 나셨다 한다
나한전 6개의 문짝 중 가운데 2짝 문은
'통판투조 꽃살문'으로 연꽃무늬를 비롯해 새 물고기
등 여러 무늬를 통째로 새겨 문틀에 끼웠으며,
좌우 문은 '솟을 꽃살문'으로 문살들이 교차하는 지점
에 매화 문양을 새겼다

또한 동쪽 문에는 모란이 위에서 아래로 길게
조각되어 있어 누구라도 만지고 싶고
성큼 문을 열고 꽃밭(불국토)에 들게 한다

강경 미내다리

강경의 대표적인 문화유적으로 조선 영조 7년(1731년)에
세워진 무지개다리(도 유형문화재 11호)
옛 사람이 죽어 저승에 가면 염라대왕이 물었단다
"개태사 가마솥 보았느냐? 은진 미륵불 보았느냐?
강경 미내다리 건너 봤느냐?"
이젠 뻥 뚫린 큰 길과 높은 제방, 세월에 묻혀 역사 속의
다리가 되었지만 강경포구 미내천에 놓인 전라도와
충청도를 잇는 가장 큰 다리였다. 조선시대 3대 시장으로
손꼽힐 정도로 흥청대던 강경. 장사꾼만이 아니라
한양으로 과거보러가는 젊은 유생들도, 유배당해 떠나는
선비도 이 다리에 눈물을 뿌렸으며, 암행어사가 된
이 도령도 춘향이를 만나려 갈 때 이 다리를 건넜다더라
정월 대보름 나이만큼 다리 위를 왕복하면
소원이 성취되고 한 해의 액을 막아준다 해 지금도
그 때가 되면 사람들이 몰려든다 한다
그리하여 다리 곁으로 작은 공원이 만들어졌다

선암사 승선교

차안과 피안을 이어주는 다리
신선이 하늘로 올라간 승선교 건너
신선이 내려와 노니는 강선루에 오른다
꼭 500년 동안 어제와 오늘과 내일이 다리로 연결되고
변함없이 아래로는 물이 흐르고 위로는 사람이 흐른다
혹여 물길을 타고 악귀라도 들어올지 몰라
홍예 천장에 거꾸로 매달려 고개를 쑥 내밀고
불국토를 지키고 있는 용의 부라린 눈망울
다리를 건너는 마음까지 조심조심
물 위에 반쪽 물 속에 반쪽 동그란 원 하나
모가 난 마음을 그렇게 다스리라 한다

이백기경상천도

상주 남장사 극락보전은 문화의 보고이다
여러 보기 드문 벽화 중 '이백기경상천李白騎鯨上天'
이라는 화제가 붙어있는 시선詩仙 이백의 모습을
그린 그림이 안쪽 벽 위에 있다
주선酒仙답게 고래 등 위에 술병 2개를 싣고
거친 파도를 가르며 앞으로 나아가는 모습이
박진감 넘친다
달밤에 채석강 뱃놀이 중 강물에 비친 달을 건지러
물에 뛰어들었다가 죽었다고 전하는 이백을 두고
사람들은 이백이 물속의 달을 건질 수 없게 되자
이제는 혼백이 하늘에 있는 달을 잡으러 고래를 타고
하늘로 올라갔다고 얘기한다

담양 명옥헌 원림

아무것도 걸친 것 없는 속俗됨을 다 지워낸,
그래 청렴과 무욕을 말해주는 듯한 배롱나무
공명을 버린 선비의 마음은 저런 모습일까
개울을 타고 연못에 드는 맑은 물소리가 옥을 굴리는
소리 같다 해서 이름 한 명옥헌원림鳴玉軒苑林
인조반정의 공신 오희도(1583~1623)의 옛 집터로
그의 후손들이 아버지를 기리기 위해 정자를 짓고
계곡 위쪽에 작은 연못을, 명옥헌 정자에서 내려다
볼 수 있는 곳에 큰 연못을, 정원의 주변에 적송과
배롱나무를 심어 큰 꽃밭을 만들었다
배롱나무는 껍질이 자줏빛을 띤다고 해 옛사람들은 자
미紫薇라 부르며, 자미꽃은 도화꽃과 같이 무릉도원을
상징하는 꽃이기에 봄엔 도화를 여름엔 자미꽃을 보면
서 벗들과 시를 읊고 학문을 논하고 풍류를
즐기며 무릉도원의 세상을 꿈꿔 왔다고 한다
정자의 마루와 지붕을 잇는 기둥이 만들어 낸 공간

속에는 삶의 향기가 넘쳐나 시가 되고 학문이 되고
그림이 되고 음악이 되었다

    산야초목년년록 山野草木年年綠
    세민영웅귀불귀 世民英雄歸不歸
    산과 들의 초목은 해가 바뀌어도 변함없이 푸르되
    사람은 능력과 귀천을 가리지 않고 산객이 되면
    돌아오기 어렵다   (정자의 주련에서)

우주 저편의 순결 – 첨성대 균형미

30cm 높이의 직육면체 화강석 362개를 쌓아 1년을
27단을 쌓아 27대 선덕여왕을 나타내고
또 맨 위 우물 정자# 장대석과 합하면
별자리의 기본 수인 28자리
또 밑 기단을 합하면 29로 음력 한 달
가운데 네모창을 뺀 위 아래 12층은 일년 12달과 합해
24절기를
아래 기단석은 동서남북 4방, 윗쪽 정자 합해 8방을
창문은 정남향을 향하고 있다
놀랍기도 하고, 궁금하기도 하고
아니면 후세 그 누구의 맞춤일까?
신라 사람들의
신라 사람다운
단순 소박한 균형미의 아름다움이
몇 해 전에는 주변 국밥집의
막걸리 잔에서 넘쳐났는데

오늘은 우주 저편 미지의 숨결이 커피잔에서
출렁인다

나라를 흥하게 한다는 흥국사
임진왜란 당시 의승군의 주둔지로
의승수군전시관에는 임진왜란, 정유재란 관련 유물과
초대형 괘불, 국보급 불화들이 전시되어있다

문고리 잡고 – 여수 흥국사에서

무지개다리(보물 563호) 건너

문고리 잡으러

여수 흥국사에 간다

한 번 잡기만 해도

지옥·아귀·축생 삼악도를 면하고

좋은 일이 생긴다는

큼직하면서 반질반질한 400년 된 문고리

얼마나 많은 사람들이

저 문고리 잡고

소박한 소원 빌며

부처님 품에 안겼을까

차마 법당 안에 들지 못해도

문고리 한번 잡아보고 싶은 것이

중생의 마음이리

사철 푸른 생태숲 – 제주 비자림

제주시 구좌읍 평대리
숲에 발걸음을 들여놓는 순간 숲이 내뿜는 기운엔
청량감이 가득하다
나무가 뿜어내는 피톤치드는 봄 여름에 가장 많다고
하지만, 비자나무는 사철 푸른 바늘잎나무(침엽수)로
언제든 산림욕장으로 그만이다
천연기념물 374호로 지정된 비자림은 44만 8,165㎡에
자생하는 수령 500~800년생 비자나무
2,800여 그루가 밀집해 있다. 울창한 숲을 이루고
있는 국내 최대의 비자나무숲으로 단일수종으로는
세계에서 보기 드문 생태숲이라한다
알칼리성으로 원적외선 방사율과 항균성이 뛰어나
산화를 방지하고 유해한 곰팡이 증식을 없애주는 것으
로 알려진 화산석 부스러기Scoria를 깔아놓은 탐방로는
발걸음을 옮길 때마다 경쾌한 사각거림으로 한없이
걷고 싶어진다

심으러 한들 여기 이렇게 심을 수가 있으며
키우려 한들 또한 이같이 키울 수가 있을 것이냐
한 발 내달으면 물바다요, 한 발 들이 밟아도
돌바단데 여기 무슨 틈을 이같이 저절로 얻어
이러한 대 밀림을 지을 수 있었던가
조화도 응당 자기 한 일에 스스로 놀라지 않을 수
없을 것이다   (노산 이은상 선생 '비자림 숲' 에서)

학포당 기둥

천지는 나의 도량이 되고 天地爲吾量
일월은 나의 밝음이 되니 日月爲吾明
천지와 일월은 天地與日月
도시 장부의 일이라 都是丈夫事

(학포당의 주련)

학포와 평생 뜻을 같이 한 조광조趙光祖는
학포 양팽손에 대해 '더불어 이야기하면 마치
지초芝草나 난초의 향기가 사람에서 풍기는 것 같고
기상은 비 개인 뒤의 가을 하늘이요, 얇은 구름이
막 걷힌 뒤의 밝은 달과 같아 인욕을 초월한 사람'
이라 묘사했다
조광조의 유배 당시 곁에서 함께 한 이가 학포였고
조광조가 타계하자 학포는 그의 시신을
수습하였다고 한다
지금도 능주 죽수서원에 조광조와 함께 배향 되고 있다

조선 후기의 윤두서尹斗緒, 말기의 허련許鍊과 함께
호남의 대표적인 문인화가로 손꼽히는
학포 양팽손은 호남 화단의 선구자로 지칭되며,
문집으로 학포유집學圃遺集이 전해진다

화순 쌍봉사 입구 쌍봉마을에 있는 학포당

녹색

녹색

젊음, 희망, 평화, 안정감의 색

신호등에서는 소통이지만 때로는 미숙함과 질투의 색

천상의 색이기도 한 녹색

궁궐의 단청에서는 추녀 안쪽을 녹색으로

기둥 밑 부분은 현세를 나타내는

적과 청을 쓴다 합니다

나른한 여름날 오후가 길게 누워있습니다

참 편안합니다

녹색은 여백의 색입니다

꽉 찬 듯하지만 돌아보면 공허합니다

그래 녹색은 무의식의 색인가 봅니다

호남의 금강산에 - 삼인대

연산군 12년(1506년) 반정으로 왕이 된 중종은
왕비 신씨가 역적 신수근의 딸이라는 대신들의 상소에
못 이겨 폐출하고 계비 장경왕후(1491~1515)를 맞이
한다. 그러나 장경왕후는 왕비가 된 지 10년 만에 돌아
가시고 만다. 이 소식이 전해지자 당시 순창 군수 김정,
담양 부사 박상, 무안 현감 유옥 등이 회동, 관직으로
부터의 추방과 죽음을 각오하며 직인을 소나무가지에
걸고 폐출되었던 단경왕후 신씨 복위상소를 올렸다
그 뒤 영조 20년(1744년) 고을 유생들이 이들의 뜻을
기리기 위해 이곳에 비각을 건립하고 삼인대라 부르고
있다. 단경왕후는 12살에 진성대군에게 시집 와 7년간
함께 살다 갑작스런 중종반정으로 왕비가 된지 7일 만
에 폐비 되어 친척집을 떠돌며 7순의 나이에도
사랑하는 사람의 소식과 사랑을 그리워하다
쓸쓸히 죽어간 조선 왕조에서 가장 애달픈 여인이다
이곳에 서면 조선 왕실의 비극이 구비구비 흐른다

11살 철부지 신랑의 웃음과, 궁 밖으로 쫓겨나는
사랑하는 여인의 뒷모습, 이를 하염없이 바라봐야
했던 힘없는 왕의 비통함이 보인다
죽을 줄 알면서도 상소를 올린 올곧은 선비의 정신이
함께 들리는 듯하다. 호남의 금강산이라 불리운 강천
산 강천사 개울 건너 외로운 넋을 달래기라도 하듯
소나무에도 봄꽃이 하얗게 피어 그날의 아픔을
들려준다

삼인대(전라북도 유형문화재 제27호)

민들레를 아시나요 - 포공구덕蒲公九德

옛 서당에서는 민들레를 앞 마당에 심고 훈장을
포공영蒲公英이라 부르며 포공구덕을 훈육했다 한다
민들레는 장소를 가리지 않고 피어나 어떤 환경이나
여건을 억척스럽게 이겨낸다 해 인忍이 一德
뿌리를 잘게 쪼개 심어도, 햇볕에 말려 심어도
싹이 돋아나는 역경을 이겨내는 강剛이 二德
꽃이 한꺼번에 피지 않고 한 꽃대가 피면 기다렸다
피는 차례를 아는 꽃이라 해 예禮를 三德
잎은 쌈 나물, 뿌리는 김치를 담고, 말려 차로,
술도 담그고 온 몸을 다하여 우리를 돕는다 해
용用이 四德
꽃에는 꿀이 많아 벌을 끌어들이니 정情이 五德
잎 줄기를 자르면 하얀 젖물이 나오니 사랑慈이 六德
머리를 검게하는 한약재로 노인을 젊게 하니
효孝가 七德
즙으로 종기나 검버섯을 없앤다 해 인仁이 八德

씨앗은 바람을 타고 날아가 자수성가 하니
그 용勇이 九德이라 했다
참으로 장하여 한 번 더 돌아봐진다
우리꽃 하얀 민들레

필암서원 경장각-정조어필

조선시대 전형적 서원 – 필암서원

장성 황룡면에 있는 사적 242호인 호남 제일의
사액서원 필암서원은 인조의 세자 시절 스승이며 성리
학자인 하서 김인후(1510~1560)와 양자징(1523~1594)
을 배향한 곳으로 홍살문 지나 2층 누각 확연루 돌아
들어서면 강학 공간인 청절당, 교육과 학문을 수련하
는 숭의재, 진덕재, 장서각, 경장각 등 여러 집들과
내삼문 안으로 제사를 모신 우동사와 전사청이 나온다
조선시대 기본 구조를 모두 갖춘 전형적인 서원으로
대원군의 사원철폐 때도 남아 오늘에 이른다
정조의 내탕금內帑金으로 지은 경장각敬藏閣에는
인조가 그려 하사한 묵죽도 판각이 보관되어 있고
초서로 쓴 경장각 편액은 정조의 어필이며 송시열이
쓴 확연루 현판과 송준길이 쓴 여러 현판이 걸려있으며
서원 밖에는 보물 587호로 지정 된 여러 서적과
유물을 관리하는 유물전시관이 있다

윤동주의 육필시집 – 망덕포구

550리 긴 여정을 달려온 섬진강이 거친 숨을 내려놓고
남해바다와 몸을 섞는 망덕포구
호남정맥의 시발점인 망덕산에서 바라본 섬진강과
남해바다는 그저 그림처럼 곱다. 겨울이어선지 떠도는
배도, 어선도 없고 포구의 횟집에도 오가는 손님이 없다
강인가 쳐다보면 바다이고 바다려니 불러보니 아직
강이라 한다
망덕포구에 있는 등록문화재 341호 '윤동주 유고
보존 정병욱 가옥'은 국문학자인 정병욱(1922~1982)
전 서울대 교수의 고택이다. 1941년 윤동주 시인이
시집 '하늘과 바람과 별과 시'를 발간하려 했으나
일제의 탄압으로 뜻을 이루지 못하자 친구인
정병욱에게 맡겨 이곳에 보관 해 오던 중, 항일운동으로
윤동주 시인이 체포 되어 일본 감옥에서 1945년 2월
옥사하게 된다. 1948년 정병욱에 의해 유고시집
'하늘과 바람과 별과 시'가 세상에 빛을 보게 되어

망덕산에서 바라본 망덕포구

오늘에 이른다
두 분의 우정과 포구의 옛 집이 아니였으면 어찌
저 유명한 '서시', '자화상', '별 헤는 밤' 등을 알 수
있었겠는가 망덕포구를 찾는 이들이여
부디 회 한 접시에 소주잔만 기울지 말고
'죽는 날까지 하늘을 우러러 한 점 부끄럼이 없기를'
윤동주시인의 서시 한 구절쯤 읽고 가소서

미당문학관에서

애비는 종이었다. 밤이 깊어도 오지 않았다
파뿌리같이 늙은 할머니와 대추꽃이 한 주 서
있을 뿐이었다. 어매는 달을 두고 풋살구가 꼭
하나만 먹고 싶다 하였으나... 흙으로 바람벽 한
호롱불 밑에 손톱이 까만 에미의 아들
갑오년甲午年이라든가 바다에 나가서는
돌아오지 않는다 하는 외할아버지의 숱 많은
머리털과 그 커다란 눈이 나는 닮았다 한다
스물세 해 동안 나를 키운 건 팔할八割이
바람이다   (서정주 시 '자화상' 에서)

두 바퀴는 8자를 표현하고 또한 영원히 쉬지 않고
움직이는 바람의 역동성을 꿈꾸며
질마재 고개를 힘들게 넘어가듯 세상의 비밀을 알고자
노력하는
모든 문학 소년들의 꿈을 상징화한 것이라는
설명이 붙어 있다

벌교 중도방죽

일본인 중도中島, 나카시마 이름을 따 붙여진
벌교 간척지 중도 방죽. 소화다리부터 선수머리까지
둑 따라 4km 뻘밭 70여 년의 한이 갈대로 채워져
갯바람이 불 때마다 수런수런 그날의 비통함을 들려준다
저 철 다리 옆 어디쯤 중도가 살며 착취한 쌀을 실어나
르기 위해 일본은 철길과 포구를 만들었다
벌교는 우리에게 무엇인가? 일제 강점기 때는
일본 놈들의 배를 채웠고, 여순사건의 아픔은
태백산맥을 낳았고, 찰진 뻘밭에는 벌교 참꼬막이…

   ~간다는 말 한마디 없이 너는 가고 말았구나
   피어나지 못한 채 병든 장미는 시들어지고
   부용산 봉우리에 하늘만 푸르러 푸르러~

                      (박기동 시 '부용실'에서)

제석산에 걸린 해가 중도방죽 갈대밭에
부용산 노래를 뼛가루처럼 뿌린다

옛적부터 산몬뎅이에 성 쌓는 것을 질로 심든 부역이
라 쳤는디, 고것이 지아무리 심든다 혀도 어찌 뻘밭에
다 방죽 쌓는 일에 비허겄소. 하여튼지 간에 저 방죽에
쌓인 돌뎅이 하나하나, 흙 한 삽, 한 삽이 다 가난한
조선사람덜 핏방울이고 한恨 덩어린디 정작 배불린
것은 일본놈덜이었은께, 방죽 싼 사람들 속이
워쨌겄소　　　　　　(조정래 소설, '태백산맥' 4권 306쪽에서)

용암사지에서

천년의 무게

거대하고 화려한 탑에 담긴 마음이 더 귀중하고
빈 절터를 지키는 탑에 담긴 마음이 더 가볍다고
누가 감히 말하리
어디에 어떻게 서있든지 그 자체로 신성하다
탑이 서있는 곳은 이미 부처의 땅이다
아무도 찾지 않은 깊은 산속 빈 모퉁이
세월만 깊은 경지에 들어
바람결에 소식을 전한다
천년도 한 순간이라고

겨울, 그 흰색 드라마

조선조 중기 문신 난재 채수(蔡壽, 1449~1515)가
눈 내린 날 아침
그의 5살 손자 무일을 업고 마당에 나갔습니다
난재가 狗走梅花落구주매화락이라고 하자
등 뒤의 손자가 鷄行竹葉成계행죽엽성이라
했다 합니다
개가 달려가니 매화꽃이 떨어지고 狗走梅花落
닭이 걸어가니 댓잎이 생기는구나 鷄行竹葉成
새벽녘 대문을 열고 눈 쌓인 골목을 보니
먼저 다녀간 발자국 옆으로
또 다른 발자국이 건너갔습니다
세상이 온통 하얗습니다
이렇게 한 해 모두 순백으로
마감했으면 좋겠습니다
행복은 차분하게 아련하게 밀려오나 봅니다
이 아침 참 행복합니다